満満満

道尻誠助詩集

Michishiri Seisuke

編集工房ノア

道尻誠助詩集『満　満　満』

詩人と生活人を行ったり来たり

仁科源一

道尻誠助さんは詩誌『斜坑』四十号（一九九一年）から同人になったが、画人久木田恭輔さんの紹介だった。久木田さんといえば、画家ではなく画人でいいと言う。それは高校生の時に出会った詩人村　次郎の影響があるのだろうか。

村　次郎は中央詩壇から遠い、故郷の北国で生涯を終えた詩人だった。その八戸市鮫町の浜を歩き野草に話しかけ鷗を歌って、時代の真偽を見つめ、言語について考察して、生涯原稿用紙に詩を刻んでいた。

昨年「村　次郎への伝言」と題して、稀有な詩人を伝承しようと、久木田さんを中心に、絵と詩の展示と朗読と演奏の会を行った。

その会で道尻さんは次の詩をのびのびとした筆字に託して展示し、そしてゆるやかに朗読した。

次郎さん

鉄瓶が
湯氣を吹く
囲炉裏端
「あのなっす」と
語る人
流れるようでもなく
留まるようでもなく
あるがままに

道尻さんは二十代に、村　次郎を訪ねたことがあるそうだ。その時少年の頃から心の奥にあった文学への熱い憧憬が刺激されたらしい。その憧憬を確かな形にしなければならないと思ったのだろう。

村　次郎から「詩は短ければ短いほどいい」とか、「題と一行の間は無限に遠い」といった話がきっとあったにちがいない。道尻さんの詩が短いのは、その影響かもしれない。

もちろん、言葉の選び方や配置は村　次郎さんとちがっている。道尻さん独自のスタイルだと思う。

ところで、道尻さんは一日のほとんどを生活人として過ごしている。けれども、寝る前にその日を振り返り、人生の哀歓を詩に書きとめてきた。詩人と生活人を行ったり来たりして、詩を編んできた。述懐だったり呟きだったりを、こつこつと作品にしてきたのだ。短く凝縮する制作は、暗示の手法に徹してきた。

たとえば、身近な世間をこんなふうに表す。

ひっくるめてしまえば

良き人も
悪しき人も
皆
一所懸命

良きことにも
悪しきことにも
皆
一生懸命

「人」と「こと」、「一所」と「一生」の単純な対比なのに、なるほどと思わせる。

七月

どたんばで
力をくれる
あなたがいる
どたんばで
なければ

気づかない
私がいる

何事か突き動かす出来事が「七月」にあったのだろう。あの場面かなと読む方も思い当たることが見えてくる。

そういう魅力ある作品に出会う詩集である。

目次

詩人と生活人を行ったり来たり　仁科源一　4

1

2

表紙絵等　道尻浩助
装幀　森本良成

1

他力

つまずきの中に
輝きがある
輝きの中に
静けさがある
静けさの中に人がいる
時が

時が長いほど
今まで
育てられつづけてきたことに
気づかされる
見ることのできない
大いなる力に

捨

乳呑み児を見よ
ただ
母の教えを
吸いつづけているではないか

青春

捨てきれないから
ここに
居る

冬

一握りの風が
私を
突き抜けて行った
剝ぐ皮《もの》もなく
欲だけが残った

流

ハーッと
息を吸う間も
与えない
十和田湖
私を消滅して
しまったのは
生きた夕日

老生

大気が動く
「春が」
と　祖父は笑う
九十六年間　観《み》てきたものだ
妻を送って　十年が過ぎた

部屋に置いて行ったものは　脈動だけ
その中で
丸い一日を編んでいる

母も
父も
その親たちも
そうだったように

鎌倉

古への街に　薬香が走る

息つくものは
春に酔い
冬に酔う

遙かなる

空を
見上げている　この路は
時を運ぶ無声映画

ふと
瞳をとじれば
どこへ行くのか
車前草が立って居た

時に

夕日を
追いかけて
ここまで来た

時計と反対回りの
この丘は
しばし

夢見る者を
真空にしてしまう
―人間新生エネルギーが湧いてくる―
木の葉の一呼吸ほどの時を
越えれない自分が洗われる

大往生

みんな
置いて
行ってしまった

間

入道雲の走らぬ　この夏
熟しきれない風が舞う
畦道に立つ農夫
天を仰ぐ稲
草の香が　わずかに動く

ホタルぶくろの
悲しさだけがまぶしい

寸刻

下げた分
また
頭が下がる
見える景色が
違って来る

時の速度は変っていない

野辺地海岸

この浜に打ち寄せるのは
　　月のしずく
諦めだけが　ひいて行く

晩秋

それが　どうした　と
山の端が
夕日を
背負いこんだ

廃品

現役だったこともあった
八百屋のダンボール箱
仕入れの鉛筆メモ

働

山にもまれ
そこに居る

山桜よ
お前には負けた

倉敷

栗おこわまんじゅうの湯気
夕日を追う瀬戸の風
同じ一日なのに
なつかしさが
こみあげてくる

何年香

気をひきしめる雪どけの水
山ごと謡う硫黄の息吹
ここが与えられた場所と
寄り添う草木

まばゆい頃
祖父につれられ
体を運んだ
煮炊きの音が呼吸する自炊部の棟

癒すことは
流すこと

虚心を削って
なお削りきれず
流されつづけて
玉川の湯に
身をまかす

盛岡

街のはずれの
くぬぎの林に
陽が落ちて行く

やわらかな空を
赤く染め

さよなら

さよなら
ごきげんようと
今日という生活《くらし》を
吸いとって行く

街のはずれの
村々に
明りがともる

ラグビー

今　死の淵にいる息子への願いは
一つだった

「一刻を争います」
電話口の主治医は
いたわりに満ちている

モノクロの景色の中
妻の顔を見ることができない

その一言を口に出したら
もう　前へ進めなくなる
二百キロの道のりは
空を飛ぶ鳥
羽ばたけど　羽ばたけど
悠久の一点にしか過ぎない

山の中腹に
県立宮古病院が現れる

ラグビー部の先生の待つ脳外科病棟
頭の中にあるものを
かき消してＩＣＵへ
手術を越えた息子が

たくさんの人に支えられて生きている
命がけの教えに胸がちぢむ

三陸の夕暮れに
海が輝いていた

停年

この道に
惚れてこそ
春一滴

浜辺

寄せては
引き返す波たちよ
この岸は
海の終りなのか
陸の始まりなのか

今　生まれたばかりの
波の子たちよ

大海こそが君の住み処か
ささやき合い
消滅を繰り返す小泡が
君の本領か

旅を続け
この浜に辿り着いた波たちよ
再び一滴の船となれ

パオ先生

いい笑顔でした

卒業の日
あなたの瞳の中で輝いていたのは
三十人の子供たち

教師のようでもあり
親のようでもあり
友のようでもあり続けた

本気でおこって下さいました
本気でほめて下さいました
本気で明日を願って下さいました

そのエネルギーで
スマートさより
懸命に生きることを教えて下さいました

目の前で
子供たちが泣きました
親にも見せなかった大粒の涙は
どうしようもなく流れていました

いつも精一杯に両手を広げていた人
だからあなたは　包《パオ》先生
ありがとう　パオ先生

2

峠

犬にせがまれ
散歩道
蓋のズレタ
マンホールに落ちた
鈍痛の走る両脛
じっと見ていると

自分でよかった

そう思えるようになってきた

春

なるように
なるんですね

路辺

一人で
　歩き
はじめる
娘がいた

みちばたには

母が
父が

娘へ

ここまで
来れても
まだ
念ずることしか
できないんだよ

房

母の胸は
すいとりがみ

流れる

ことばを
なくして
涙で
教えられた

山

ここに居たから
ここにいる

遠き日の
なつかしさが
こみあげてくる

イーハトーブ

うぬぼれて
ここまで来ていました
みんなの世話の中に
居たことに
気がつきました

街

これ以上
頭が下がらない時

小さくても
詩が
ありました

コスモス

夏を
祓い
清め
つつ
手紙を運ぶ
郵便屋

春

この道を
道なりに行ったら
一休みして
下さい

空間

峠では
聶聶として
せみが鳴いていた

クラシ

欲ばってもゼロ
がんこな親父は
じい様似

座

まん
まん
まん
まん
まん
まん

まん
まん

それは慢心

まん
まん

うらら

あなたしだいの春を
どんぶり一杯
あげましょう

夏

そのままで
いいんです

こずえ

風が
おさまり
あしあとは
前に
ついて
行くんですね

峠

もう一歩で
どっちにも
ころんだ

妻へ

風に
たたかれ
はがされ
芯までけずられても

あなたがいるから
生きて行けます

陽だまり

上にもならず
下にもならず
木の葉が
ささやく

3

五十路

何も解っていないことが
解った
一滴の水に
教えられた

月山

いつか
この日が来ることを
信じていました

その気持ちを捨てなさいと
言われた先生の言葉に
足がすくみました

青い空から降るのは
感謝の雨

円

青い空に
見入る
裸の牛
瞳に
母と
父を
貯めこんで

五十六歳

眠っていたら
引き算が
始まった

七月

どたんばで
力をくれる
あなたがいる
どたんばで
なければ
気づかない
私がいる

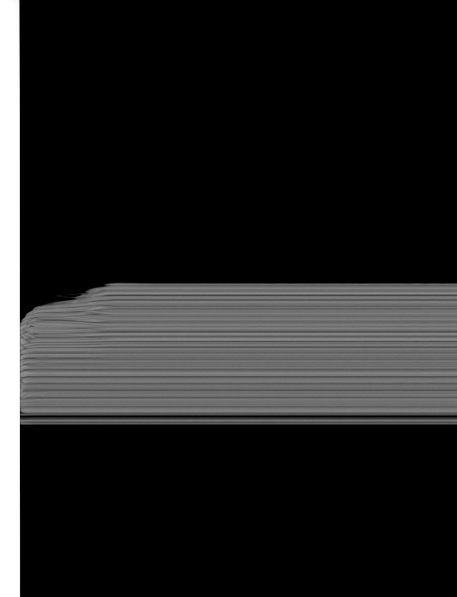

キラキラ

小さな町に
時計回りの春がやってきた
「ごきげんよう」と
小さな小鳥たちの声
私の82兆細胞は
その日のために
エネルギーを回し続ける

虫の息

海に出たら
波にまかせて
眠っていよう
目が覚めるまで

無常

木々を
飛びかう
冬雀
雪の親子に
何を話してるの

はこべ草

年はとっても
それなりです

人生

それは
水のように
風のように
雲のように

六月

この人
あの人
私も
慈しみの雨の中
幸せに
なりたくて
生きている

還暦

泥水を
心静かに
味わう

ひっくるめてしまえば

良き人も
悪しき人も
皆
一所懸命

良きことにも
悪しきことにも
皆
一生懸命

雲の下

やさしい人も
すごい人も
真上から見れば
同じ
消えたり
出てきたり

貧しさの中で

それもいい
それもいい
それもいい
それもいい

それもいい
それもいい

それもいい

真

泪は出ない
笑うだけ
本当に
苦しいから

本物

また
おいでと
あの人は
喉ちんこまで
笑っていた

ハナタレ小僧

それも
すぎて
しまう

年輪

みんな
良い人
みんな
悪い人

牛

放して見れば
小さく見える
離れて見れば
大きく見える

熊ん蜂

ぶんぶんぶん
ぶんぶんぶん
そこで遊んでいる人は
どなたですか

師走

明け方
雨の中
雀が
天を
仰ぐ

4

増田町

菜の花が
咲いている
「あ――――っ」
それで
いいんだよ

四月二十二日で三十八回目の結婚記念日をむかえました
四人の子供たちはそれぞれにのん気に暮しています
スタミナ源タレと馬鹿タレの混ざったような人生を
いつも支えてくれる妻の謹子に
「ありがとう」が言えるまで三十年がかかりました
心底「ありがとう」が思えるまで
それから六〜七年かかりました
五月三日、四日と二人の小旅行は蔵の町
横手市増田町を選びました
あちこちに菜の花が咲いていていました

雨

あの男は
山から
来たのか
あんたさ
似てるよ

輪

みんないい人
みんないい人
みんな良い人
だつた

奈良旅行

贅沢だね　パパと妻
苦労かけたのに
君は笑顔

今

どうぞ
どうぞ
祖母の
一本道

囲炉裏端

ほおずりの記憶

希望

時の栞はシンメトリー
どこまで
巻き戻せるのだろう

あるがまま

本当のことを
言われると
おこる人間
うそでも
褒められると
その気になる人間
どちらも
自分です

良心

大きい口開けるな
虫歯の神様
恥ずかしがってるよ

愚直

手に負えない
ことが湧いてくる
悲しくも
つらくもないが
受け入れた後の
わがままに
泣かされる

深呼吸

生きることは
わがままとの
闘い
裏の裏から
やってくる

立春

息を凍らせ
さわやかに
今日を生きる

微笑

今を生きる
あとは
おまかせ
顔いっぱいで話す孫

氣

空から雨が降っている
雨
雨
雨
それは
天から降り注ぐ
生命の流れ

次郎さん

鉄瓶が
湯氣を吹く
囲炉裏端
「あのなっす」と
語る人
流れるようでもなく
留まるようでもなく
あるがままに

初夏

あなたの
教えてくれた
種差海岸に
行って来ました

ゆっくり

ゆっくり
悠久の風が
流れていました

緑の芝
白い波
青い空

ハンカチ

意識のない母が
病床で眠っている
おでこをなでていると
丸い涙が一筋流れた

あとがき

人間に生まれてこれたことに感謝しています。

縁あって両親の元に生まれ、妻謹子に出会いました。

綾子、浩助、諭子、朋子が生まれ、それぞれが伴侶を得て、孫たちの誕生です。

犬っこのアルフィーとシスコもかけがえのない家族となってくれました。

普通だと思っていたことの根っこが我儘だったり、良かったと思っていたことが実は慢心だったり。転職して別世界を知り、病気して気弱な自分を発見し、あちこちぶつかっては何かを教えられ、おもしろいこと、うれしいこと、辛いこと、どうにもできないこともありました。

いつも軌道修正してくれたのが謹子でした。後にならないと分からない愛情深さと気丈には、言葉を失くします。六十歳を過ぎて、ようやく夫婦になれたんだなぁと感じるようになりました。

三十九歳の時、画人久木田恭輔さんより詩人仁科源一さんを紹介していただきました。仁科さんには時々の念いを詩に託すことを教えて頂きました。お二人の生き方に触れられたことが継続のエネルギーとなりました。本当にありがとうございました。

詩は生き物です。縮んだり膨らんだりします。人生はいつどうなるかは解らないことばかりです。一生懸命生きる事で何とかここまでこれたような気がします。細沼謹子さんが道尻謹子さんになり、妻謹子となり、ママになりました。この詩集をあなたに捧げます。ありがとう、そしてこれからもよろしく。

道尻　誠助

令和弐年　とってもいい日に

道尻誠助《みちしりせいすけ》年譜

昭和二十七年（一九五二年）十月一日
青森県三戸郡三戸町大字蛇沼字本村十九番地
道尻治助・ちよの長男として誕生。（姉二人、妹一人）
戸数十八の村には小学校と雑貨屋が二軒あり、南部バス蛇沼行き（ボンネットバス）の終点。素敵な茅葺の家で農耕馬と同居。囲炉裏端で聴くラジオは不思議な宝箱だった。
生後三カ月目、八戸市民病院に入院。一命を取り留める。

昭和三十年（一九五五年）二歳
土蔵の階段から転げ落ち眉間が割れる大怪我。三戸町の田島医院に入院。

昭和三十四年（一九五九年）六歳
三戸町立蛇沼小学校入学。一学年二十三名。平成十六年（二〇〇四年）閉校。

昭和三十六年（一九六一年）九歳
人生で初めてのバナナを食べる。

昭和三十七年（一九六二年）十歳
宮沢賢治の作品に出会う。校庭にある旗竿が、風が吹けば折れないか心配だった。複式学級を経験。版画に取り組む。

昭和三十八年（一九六三年）十一歳

小学校の合奏団でコントラバスを担当。近田稔先生の指導を受ける。弦楽器の音色に感動。人生で初めてケーキを食べる。

肺炎のために八戸市民病院小児科に三カ月入院。さみしくないかと、父が米を売ったお金でラジオを買ってくれた。楽しい入院生活を送れたが、勉強についていけなくなった。

昭和三十九年（一九六四年）十二歳

東京オリンピックが開催され、重量挙げ選手に憧れた。

農耕馬が耕運機に代わり、白黒テレビも見られるようになった。我が家では米、葉タバコ、りんご、麦、野菜、大豆の栽培をしていた。農家に活気があった。

昭和四十年（一九六五年）十三歳

三戸町立三戸中学校入学。本好きの山屋一雄君に出会う。バスケット部に入るも一カ月で退部。その後、理科部に入部。卒業まで継続。お茶の水女子大出の斉藤徳子先生の指導を受け、理科の面白みを知る。縄文土器や化石にも興味をもつ。三戸城温故館（歴史資料館）の佐藤嘉悦館長と出会い歴史の見方を教わる。

昭和四十三年（一九六八年）十六歳

青森県立三戸高等学校普通科入学。

自転車部を三日で退部。その後柔道部を二カ月で退部。五月十六日、数学の時間に十勝沖地震発生、土蔵の壁が崩れた。心も落ち着き心機一転、自然科学部に居場所を見つけ卒業まで活動。スズメ、タンポポ、野鳥、鮎、コウモリ、天文と何でもあり。教員生活中、一度も転勤したことの無い向山満先生の指導を受ける。国語教師、下斗米典子先生に、文学に触れる喜びを教えていただいた。長塚節の「土」には心にずしんと来るものを感じ心動かされた。北杜夫、遠藤周作、三浦綾子、夏目漱石、宮沢賢治、石川啄木、堀辰雄、鳴海要吉、大塚甲山などの書物に触れる。

父の同級生の営む藤田電気で初めてのレコード購入、カラヤン指揮のベートーヴェン交響曲第六番「田園」は針を落とす度に感動。生物と日本史と読書とクラシック音楽好きの高校生活を送る。細胞の振動について興味を持つ。

昭和四十六年（一九七一年）十九歳

考古学者になることを夢見て、國學院大學受験希望するも、東京に出れば三戸に帰らなくなると父に反対され、仙台の大学を受験。文系から理系へと大転換。東北薬科大学薬学部製薬学科入学、下宿生活スタート。内山至君、大久保剛志君、堀昭君、三瓶裕君に出会う。

生物で受験したため、入学後、大久保剛志君に化学を教えてもらい、超低空飛行で卒業まで漕ぎ着けた。薬用植物部に入部。植物化学班で研究、コンパ、山登りに没頭。生薬学の久道周次教授のお世話になる。遊び呆けた結果、前期試験十一科目中、九科目を落とし、進級絶望、暗雲立ち込める。人生の危機を内山至君の義兄、第一衛生化学教室、横田勝司教授に救っていただいた。真面目になることを条件に研究室に入ることを許していただく。朝の授業前に、ウサギ、ニワトリ、ラット、マウスのゲージの掃除と食事のお世話、真菌（アスペルギルス属）の培養。授業終了後は器具の洗浄等をしながら研究室のお手伝いをする生活、空いた時間は部活動。毎晩、実験終了後に横田教授からお話いただき、人生塾となった。（人の道を外さず、生きてこられたのは教授のお陰と感謝している。）海津（戸井田）茂也先輩にジャズの素晴らしさを教えていただく。ジャズ喫茶「カウント」、クラシック音楽喫茶「無伴奏」に通う。お金が無くなった時は、一番町から小松島まで歩いて帰った。人生で初めての鰻を食べる。

昭和四十八年（一九七三年）二十一歳

父に葉タバコを売ったお金で車を買ってもらった。本物の馬鹿息子だった。三年生当時の品行が禍いし、下宿を追い出された。リヤカーで小松島から南光台のアパートに引っ越す。売茶翁の和菓子にはまる。東洋大学附属南部高等学校で教育実習。理科（化学、生物）と保健を担当。貴重な経験をするも生徒の幸せを考え、教師の道を断念。

田中角栄の「日本列島改造論」に刺激され、研究室に二カ月の休みをいただき、受験勉強。宅地建物取引主任免許取得。三年生、四年生は、試験の連続に苦しめられ、今でも試験に落ちた夢を見る。他大学の授業に潜入するなどしてストレス発散。試験さえなければ最高の大学生活だった。

昭和五十年（一九七五年）二十三歳

三月　東北薬科大学卒業。中学一級、高校二級、理科・保健体育教諭免許取得。

四月　実家で農業に従事。田植え後、岩手県立福岡病院薬剤部で研修。ここで、妻となる細沼謹子に出会う。

五月　薬剤師免許取得。

十一月　たわわに実った稲の収穫後、町立田子病院、原田正智院長より声をかけていただき薬局に勤務。

岩手医科大学附属病院薬剤部にて三カ月の研修の機会を得る。生涯を通して原田正智、節ご夫妻には大局観と照顧脚下の生き方を学ぶ。画人久木田恭輔さんと出会う。

昭和五十一年（一九七六年）二十三歳

職場で卓球と社交ダンスが流行。石田屋旅館に詩人村次郎を訪ねる。

五月二十九日　三瓶裕さん、麻里子さんご結婚。結婚式会場の盛岡グランドホテルまで車検中のため、謹子とトラックで行く。甲種危険物取扱者免許取得。

昭和五十三年（一九七八年）二十六歳

四月二十二日　岩手県二戸市金田一の細沼忠、貞子の長女謹子と結婚。謹子には、農業、酒販業、薬局、化粧品販売、不動産、出産、子育て、調剤薬局と人の何十倍もの苦労をかけることとなった。

昭和五十四年（一九七九年）二十七歳

五月十六日　長女綾子誕生。全国自治体病院協議会薬剤部長部会幹事となる。

昭和五十六年（一九八一年）二十九歳

十一月十三日　長男浩助誕生。孫ぶるまいで、菩提寺法泉寺の上田豊山住職よりご挨拶をいただく。

昭和五十七年（一九八二年）三十歳

新病院長に横内正典氏就任。患者中心の医療

（クランケンハウス）と漢方併用療法について学ぶ。全国より癌患者来院、かけがえのない命の存在を目の当たりにする。
十二月十四日　祖母ソカ昇天、法明院静室妙仙大姉。「なったら時もあるんだ」が口癖、その言葉に何度救われたことか。

昭和五十八年（一九八三年）三十一歳

十一月三十日　次女諭子誕生。

昭和五十九年（一九八四年）三十二歳

相田みつを作品に出会う。その後、機会を見ては旧相田みつを美術館（銀座東芝ビル）を訪ねる。
全国自治体病院協議会薬剤部長部会学術総会を青森市にて開催。担当幹事を務める。総会シンポジストを横内正典院長に依頼。八甲田山の残雪を運びロビーに雪だるまを展示、懇親会ではねぶたをはねてもらい、多くの人にお世話になり無事終了。心に残る大会となった。

昭和六十年（一九八五年）三十三歳

六月九日　三女朋子誕生。四人目の子どもにして、初めて出産に立ち合う。

平成元年（一九八九年）三十七歳

日本東洋医学会東北部会学術総会盛岡大会で岩手医科大学歯学部薬理学、伊藤忠信教授に出会う。ご縁をいただき、岩手医科大学歯学部薬理学教室の専攻生となる。（平成十年三月まで）

平成三年（一九九一年）三十九歳

画人久木田恭輔さんより詩人仁科源一さんを紹介される。詩誌「斜坑」同人となり、第四十号

（四月十五日発行）より詩を発表。
田島医院・田島剛一院長よりオーディオ、クラシック、ジャズ、映画の楽しみを教わる。
田島邸オーディオルームでの月一回の映写会は現在（令和弐年）も継続中。

平成四年（一九九二年）四十歳
星野富弘、坂村真民の作品に出会う。

平成五年（一九九三年）四十一歳
三月二十二日　祖父彌助昇天、法雲院彌翁壽峰居士。ハイカラな祖父だった。
十月一日　妻謹子、「みちしり調剤薬局」開設。

平成八年（一九九六年）四十四歳
東北薬科大学薬学部薬理学講座研究生となる。
（平成九年三月まで）
木皿憲佐教授、只野武教授の指導を受ける。

平成九年（一九九七年）四十五歳
母校東北薬科大学に学位論文提出。審査及び最終試験合格。
三月　「神経有効性漢方エキス剤の中枢薬理学的研究」により薬学博士受領。（論文博士）
九月十三日　三戸祭りの日。長男浩助、岩手県宮古市でラグビーの練習試合中に頭部外傷、硬膜下血腫により岩手県立宮古病院入院。たくさんの人に助けられ、死と失明の危機を乗り越えることができた。その後新築間もない八戸市立市民病院に転院。十七時に仕事を終え、田子町から岩手県宮古市まで車を走らせ、朝八時には田子町の職場に戻る生活を毎日続けられたのは四十五歳の若さがあったからだと思う。妻も頑張り、妻の母貞子と交代で付き添い何とか難を脱することができた。浩助には繋がれた命の重みの分かる時が来るであろう。

平成十年（一九九八年）四十六歳
十月一日　妻謹子「ほのぼの薬局」開設。

平成十一年（一九九九年）四十七歳
田子町立田子病院を退職し、有限会社六連星（社長謹子）入社。

平成十二年（二〇〇〇年）四十八歳
三月四日　三戸町有志によるレコードコンサート（月一回）スタート。実行委員として参加。

平成十三年（二〇〇一年）四十九歳
十月一日　「イーハトーブ薬局」開設。

平成十四年（二〇〇二年）五十歳
長女綾子、デンマーク、フランス遊学（二年間）より帰国。

平成十五年（二〇〇三年）五十一歳
八戸ロータリークラブ入会。金田裕治先生、真紀子さんの知遇を得る。
八月二十七日　「イーハトーブ薬局」にて宮沢賢治祭り開催。

平成十六年（二〇〇四年）五十二歳
長男浩助、北海道東海大学四年次中退。
七月十日　アルフィー（ビーグル犬）昇天。
八月二十七日　イーハトーブ薬局にて宮沢賢治祭り開催。
九月一日　「あおぞら薬局」開設。
九月三十一日　イーハトーブ薬局閉局。

十月一日　「ニコニコ薬局」開設。

平成十七年（二〇〇五年）五十三歳

良寛と安藤昌益のことが気になる。

平成十八年（二〇〇六年）五十四歳

次女諭子、第一薬科大学薬剤学科卒業。

直傳靈氣師範格認定。

平成十九年（二〇〇七年）五十五歳

長女綾子、甲南女子大学心理学科卒業。

十二月十六日　長女綾子、浅坂広明さんと結婚。

平成二十一年（二〇〇九年）五十六歳

長男浩助、第一薬科大学薬剤学科卒業。

三女朋子、第一薬科大学薬剤学科卒業。

三月三十一日　次女諭子、武居慎二郎さんと結婚。

十二月　父治助昇天。聚徳院大道泰安居士。父からは世の中の変化に対応する柔軟性を学んだ。

平成二十二年（二〇一〇年）五十八歳

六月十七日〜二十五日　八戸市立市民病院に胆石治療のため入院。

十月一日　「はらだクリニック」開設にともない、新「ほのぼの薬局」開局。

平成二十三年（二〇一一年）五十九歳

九月　三女朋子、青山雅大さんと結婚。

十二月　人生最大の念願成就。ご先祖様を蛇沼の墓地より三戸町の菩提寺、法泉寺様墓地に移転。

平成二十四年（二〇一二年）六十歳

一月四日　謹子母、細沼貞子昇天。陽照院忠室妙貞大姉。
八月十一日　諭子夫、武居慎二郎、八戸市立市民病院入院。容態安定後、弘前大学医学部附属病院に転院。
九月二十二日　武居慎二郎療養のため九州福岡へ。

平成二十五年（二〇一三年）六十一歳

三月十二日〜十九日までフランス旅行。大雪で閉鎖されたシャルル・ドゴール空港のど真ん中に取り残された旅行客。終業時刻になると涼しい顔で家路につく空港職員。夜中にようやく確保できたホテルにたどり着いた時は、疲れもピークに達していた。太く長く生きるフランス人の個人主義の見事さに圧倒された。乾燥した冷たい北風、ミストラルの洗礼を受けた南仏が忘れられない。
九月二十三日　「星野富弘美術館」にて鑑賞（群馬県みどり市）。
九月三十日　フランスから綾子が連れてきたボクサー犬のシスコ昇天。

平成二十六年（二〇一四年）六十二歳

三月十九日、二十日　心臓画像クリニック飯田橋にて心臓プレミアムドッグを受け、心臓病見つかる。
四月四日〜九日　東京医科歯科大学附属病院に入院。
十二月一日　八戸市に新宅落成。

平成二十七年（二〇一五年）六十三歳

八月二日　謹子、蜂に刺され病院へ。

平成二十八年（二〇一六年）六十四歳

五月十二日～十五日　久木田恭輔等の第四回詩画展に参加、詩作品展示。

五月十七日　めん割烹「なか川」（足利市）にて食事を楽しむ。

七月十八日　「星野富弘美術館」にて鑑賞（群馬県みどり市）。

十一月十七日～二十日　台湾旅行。

平成二十九年（二〇一七年）六十五歳

二月二十六日　長男浩助、足澤直美さんと結婚。

五月十一日～十四日　第五回詩画展に詩作品展示。

八月八日～十一日　東京医科歯科大附属病院へ入院。

十一月五日　「永春文庫美術館」（東京・目白台）と「いわさきちひろ美術館」（東京・練馬）にて鑑賞。

平成三十年（二〇一八年）六十六歳

四月二十一日～二十二日　弘前桜回廊を楽しむ。

五月十日～十三日　第六回詩画展に詩作品展示。

長女綾子　岩手医科大学薬学部卒業。

七月九日　「いわさきちひろ展」（東京）を鑑賞。

八月二十五日　大曲花火大会。

九月十二日　「いわさきちひろ美術館」（松本市）を鑑賞。

十月十四日　法泉寺落成式、薬師如来像寄進。

十一月七日　「有限会社ニコニコ」、八戸市、青森県との「青森県森林づくり協定」締結。

十一月十三日～十七日　台湾旅行。活気の詰まった街の匂い、喧騒は慣れるに従いスローモーションビデオを見ているような錯覚を覚え

る。漢方薬がひょっこり出て来そうな不思議な
国だった。

平成三十一年・令和元年（二〇一九年）六十七歳
一月三十一日〜二月二十日　八戸西病院入院。
二月二十五日〜三月四日　イタリア旅行。古代
ローマ遺跡の中に現代が生きている街。国を支
えてきた明るく賑やかな人々。心くすぐるオ
シャレ男をあちこちで見かけた。
三月二十七日　謹子父、細沼忠昇天。建興院義
翁忠永居士。
五月二十六日　「有限会社ニコニコ」による
「青森県企業の森林づくり」第一回植樹祭（八
戸市不習岳）主催、自然保護の呼びかけに賛同
した百人がミズナラの苗木を植樹。
五月二十九日　星野富弘美術館（群馬県みどり
市）を鑑賞。
五月三十一日〜六月六日　ドイツ旅行。美しい
港町ハンブルク。四角い顔立ちの人が多く、笑
顔の少ない国民性かと思いきや、電車には犬も
自転車も乗れる一歩先を行く国だった。
八月六日〜八日　第一回詩画音展に詩作品展示
し「村　次郎への伝言」自作詩を朗読。
八月二十九日　相田みつを美術館（東京・千代
田区）にて鑑賞。

令和弐年（二〇二〇年）
一月二十六日　浩助・直美、長女・結衣誕生。

（著者作成）

妻謹子との近影　2020年２月22日撮影

道尻《みちしり》誠助《せいすけ》詩《し》集《しゅう》『満《まん》 満《まん》 満《まん》』
二〇二〇年五月二十二日発行
著　者　道尻誠助
〒〇三九—〇一一二
青森県三戸町大字梅内字鬢田一六六—二
発行者　涸沢純平
発行所　株式会社編集工房ノア
〒五三一—〇〇七一
大阪市北区中津三—一七—五
電話〇六（六三七三）三六四一
FAX〇六（六三七三）三六四二
振替〇〇九四〇—七—三〇六四五七
組版　株式会社四国写研
印刷製本　亜細亜印刷株式会社

ISBN978-4-89271-330-9